A

БИБЛИОТЕКА ДЕТСКОГО САДА

Ханс Кристиан
Андерсен

СТОЙКИЙ ОЛОВЯННЫЙ СОЛДАТИК

СКАЗКИ

Художник Е. Звольская

МОСКВА
Р О С М Э Н
2016

СТОЙКИЙ ОЛОВЯННЫЙ СОЛДАТИК

Было когда-то на свете двадцать пять оловянных солдатиков. Все сыновья одной матери — старой оловянной ложки, — и, значит, приходились они друг другу родными братьями. Это были славные, бравые ребята: ружьё на плече, грудь колесом, мундир красный, отвороты синие, пуговицы блестят... Ну, словом, чудо что за солдатики!

Все двадцать пять лежали рядком в картонной коробке. В ней было темно и тесно. Но оловянные солдатики — терпеливый народ, они лежали не шевелясь и ждали дня, когда коробку откроют.

И вот однажды коробка открылась.

— Оловянные солдатики! Оловянные солдатики! — закричал маленький мальчик и от радости захлопал в ладоши.

Ему подарили оловянных солдатиков в день его рождения.

Мальчик сейчас же принялся расставлять их на столе. Двадцать четыре были совершенно одинаковые — одного от другого не отличить, а двадцать пятый солдатик был не такой, как все. Он оказался одноногим. Его отливали последним, и олова немного не хватило. Впрочем, он и на одной ноге стоял так же твёрдо, как другие на двух.

Вот с этим-то одноногим солдатиком и произошла замечательная история, которую я вам сейчас расскажу.

На столе, где мальчик построил своих солдатиков, было много разных игрушек. Но лучше всех игрушек был чудесный картонный дворец. Через его окошки можно было заглянуть внутрь и увидеть все комнаты. Перед самым дворцом лежало круглое зеркальце. Оно было совсем как настоящее озеро, и вокруг этого зеркального озера стояли маленькие зелёные деревья. По озеру плавали восковые лебеди и, выгнув длинные шеи, любовались своим отражением.

Всё это было прекрасно, но самой красивой была хозяйка дворца, стоявшая на пороге, в широко раскрытых дверях. Она тоже была вырезана из картона; на ней была юбочка из тонкого батиста, на плечах — голубой шарф, а на груди — блестящая брошка, почти такая же большая, как голова её владелицы, и такая же красивая.

Красавица стояла на одной ножке, протянув вперёд обе руки, — должно быть, она была танцовщицей.

Другую ножку она подняла так высоко, что наш оловянный солдатик сначала даже решил, что красавица тоже одноногая, как и он сам.

«Вот бы мне такую жену! — подумал оловянный солдатик. — Да только она, наверно, знатного рода. Вон в каком прекрасном дворце живёт!.. А мой дом — простая коробка, да ещё набилось нас туда чуть не целая рота — двадцать пять солдат. Нет, ей там не место! Но познакомиться с ней всё же не мешает...»

И солдатик притаился за табакеркой, стоявшей тут же, на столе.

Отсюда он отлично видел прелестную танцовщицу, которая всё время стояла на одной ножке и при этом ни разу даже не покачнулась!

Поздно вечером всех оловянных солдатиков, кроме одноногого — его так и не могли найти, — уложили в коробку, и все люди легли спать.

И вот когда в доме стало совсем тихо, игрушки сами стали играть: сначала в гости, потом в войну, а под конец устроили бал. Оловянные солдатики стучали ружьями в стенки своей коробки — им тоже хотелось выйти на волю и поиграть, но они никак не могли поднять тяжёлую крышку. Даже щелкунчик принялся кувыркаться, а грифель пошёл

плясать по доске, оставляя на ней белые следы, — тра-та-та-та, тра-та-та-та! Поднялся такой шум, что в клетке проснулась канарейка и начала болтать на своём языке так быстро, как только могла, да притом ещё стихами.

Только одноногий солдатик и танцовщица не двигались с места.

Она по-прежнему стояла на одной ножке, протянув вперёд обе руки, а он застыл с ружьём в руках, как часовой, и не сводил с красавицы глаз.

Пробило двенадцать. И вдруг — щёлк! — раскрылась табакерка.

В этой табакерке никогда и не пахло табаком, а сидел в ней маленький злой тролль. Он выскочил из табакерки, как на пружине, и огляделся кругом.

— Эй ты, оловянный солдат! — крикнул тролль. — Не больно заглядывайся на плясунью! Она слишком хороша для тебя.

Но оловянный солдатик притворился, будто ничего не слышит.

— Ах, вот ты как! — сказал тролль. — Ладно же, погоди до утра! Ты меня ещё вспомнишь!

Утром, когда дети проснулись, они нашли одноногого солдатика за табакеркой и поставили его на окно.

И вдруг — то ли это подстроил тролль, то ли просто потянуло сквозняком, кто знает? — но только окно распахнулось, и одноногий солдатик полетел с третьего этажа вниз головой, да так, что в ушах у него засвистело. Ну и натерпелся он страху!

Минуты не прошло — и он уже торчал из земли вверх ногой, а его ружьё и голова в каске застряли между булыжниками.

Мальчик и служанка сейчас же выбежали на улицу, чтобы отыскать солдатика. Но сколько ни смотрели они по сторонам, сколько ни шарили по земле, так и не нашли.

Один раз они чуть было не наступили на солдатика, но и тут прошли мимо, не заметив его. Конечно, если бы солдатик крикнул: «Я тут!» — его бы сейчас же нашли. Но он считал непристойным кричать на улице — ведь он носил мундир и был солдат, да притом ещё оловянный.

Мальчик и служанка ушли обратно в дом. И тут вдруг хлынул дождь, да какой! Настоящий ливень!

По улице расползлись широкие лужи, потекли быстрые ручьи. А когда наконец дождь кончился, к тому месту, где между булыжниками торчал оловянный солдатик, прибежали двое уличных мальчишек.

— Смотри-ка, — сказал один из них. — Да, никак, это оловянный солдатик!.. Давай-ка отправим его в плавание!

И они сделали из старой газеты лодочку, посадили в неё оловянного солдатика и спустили в канавку.

Лодочка поплыла, а мальчики бежали рядом, подпрыгивая и хлопая в ладоши.

Вода в канаве так и бурлила. Ещё бы ей не бурлить после такого ливня! Лодочка то ныряла, то взлетала на гребень волны, то её кружило на месте, то несло вперёд.

Оловянный солдатик в лодочке весь дрожал — от каски до сапога, — но держался стойко, как полагается настоящему солдату: ружьё на плече, голова кверху, грудь колесом.

И вот лодочку занесло под широкий мост. Стало так темно, словно солдатик опять попал в свою коробку.

«Где же это я? — думал оловянный солдатик. — Ах, если бы со мной была моя красавица-танцовщица! Тогда мне всё было бы нипочём...»

В эту минуту из-под моста выскочила большая водяная крыса.

— Ты кто такой? — закричала она. — А паспорт у тебя есть? Предъяви паспорт!

Но оловянный солдатик молчал и только крепко сжимал ружьё. Лодку его несло всё дальше и дальше, а крыса плыла за ним вдогонку. Она свирепо щёлкала зубами и кричала плывущим навстречу щепкам и соломинкам:

— Держите его! Держите! У него нет паспорта!

И она изо всех сил загребала лапами, чтобы догнать солдатика. Но лодку несло так быстро, что даже крыса не могла угнаться за ней. Наконец оловянный солдатик увидел впереди свет. Мост кончился.

«Я спасён!« — подумал солдатик.

Но тут послышался такой гул и грохот, что любой храбрец не выдержал бы и задрожал от страха. Подумать только: за мостом вода с шумом падала вниз — прямо в широкий бурный канал!

Оловянному солдатику, который плыл в маленьком бумажном кораблике, грозила такая же опасность, как нам, если бы нас в настоящей лодке несло к настоящему большому водопаду.

Но остановиться было уже невозможно. Лодку с оловянным солдатиком вынесло в большой канал. Волны подбрасывали и швыряли её то вверх, то вниз, но солдатик по-прежнему держался молодцом и даже глазом не моргнул.

И вдруг лодочка завертелась на месте, зачерпнула воду правым бортом, потом левым, потом опять правым и скоро наполнилась водой до самых краёв.

Вот солдатик уже по пояс в воде, вот уже по горло... И наконец вода накрыла его с головой.

Погружаясь на дно, он с грустью подумал о своей красавице. Не видать ему больше милой плясуньи!

Но тут он вспомнил старую солдатскую песню:

Шагай вперёд, всегда вперёд!
Тебя за гробом слава ждёт!.. —

и приготовился с честью встретить смерть в страшной пучине. Однако случилось совсем другое.

Откуда ни возьмись, из воды вынырнула большая рыба и мигом проглотила солдатика вместе с его ружьём.

Ах, как темно и тесно было в желудке у рыбы, темнее, чем под мостом, теснее, чем в коробке! Но оловянный солдатик и тут держался стойко. Он вытянулся во весь рост и ещё крепче сжал своё ружьё. Так он пролежал довольно долго.

Вдруг рыба заметалась из стороны в сторону, стала нырять, извиваться, прыгать и, наконец, замерла.

Солдатик не мог понять, что случилось. Он приготовился мужественно встретить новые испытания, но вокруг по-прежнему было темно и тихо.

И вдруг словно молния блеснула в темноте.

Потом стало совсем светло, и кто-то закричал:

— Вот так штука! Оловянный солдатик!

А дело было вот в чём: рыбу поймали, свезли на рынок, а потом она попала на кухню. Кухарка распорола ей брюхо большим блестящим ножом и увидела оловянного солдатика. Она взяла его двумя пальцами и понесла в комнату.

Весь дом сбежался посмотреть на замечательного путешественника. Солдатика поставили на стол, и вдруг — каких только чудес не бывает на свете! — он увидел ту же комнату, того же мальчика, то же самое окно, из которого вылетел на улицу... Вокруг были те же игрушки, а среди них возвышался картонный дворец, и на пороге стояла красавица-танцовщица. Она стояла по-прежнему на одной ножке, высоко подняв другую. Вот это называется стойкость!

Оловянный солдатик так растрогался, что из глаз у него чуть не покатились оловянные слёзы, но он вовремя вспомнил, что солдату плакать не полагается. Не мигая, смотрел он на танцовщицу, танцовщица смотрела на него, и оба молчали.

Вдруг один из мальчиков — самый маленький — схватил оловянного солдатика и ни с того ни с сего

швырнул его прямо в печку. Наверно, его подучил злой тролль из табакерки.

В печке ярко пылали дрова, и оловянному солдатику стало ужасно жарко. Он чувствовал, что весь горит — то ли от огня, то ли от любви, — он и сам не знал. Краска сбежала с его лица, он весь полинял — может быть, от огорчения, а может быть, оттого, что побывал в воде и в желудке у рыбы.

Но и в огне он держался прямо, крепко сжимал своё ружьё и не сводил глаз с прекрасной плясуньи. А плясунья смотрела на него. И солдатик почувствовал, что тает...

В эту минуту дверь в комнату распахнулась настежь, сквозной ветер подхватил прекрасную танцовщицу, и она, как бабочка, порхнула в печку прямо к оловянному солдатику. Пламя охватило её, она вспыхнула — и конец. Тут уж и оловянный солдатик совсем расплавился.

На другой день служанка стала выгребать из печки золу и нашла маленький комочек олова, похожий на сердечко, да обгорелую, чёрную, как уголь, брошку.

Это было всё, что осталось от стойкого оловянного солдатика и прекрасной плясуньи.

СВИНОПАС

Жил-был бедный принц. Королевство у него было маленькое-премаленькое, но жениться всё-таки было можно, а жениться-то принцу хотелось.

Разумеется, с его стороны было несколько смело спросить дочь императора: «Пойдёшь за меня?» Впрочем, он носил славное имя и знал, что сотни принцесс с благодарностью ответили бы на его предложение согласием. Да вот, поди знай, что взбредёт в голову императорской дочке!

Послушаем же, как было дело.

На могиле у отца принца вырос розовый куст несказанной красоты; цвёл он только раз в пять лет, и распускалась на нём всего одна-единственная роза. Зато она разливала такой сладкий аромат, что, вдыхая его, можно было забыть все свои горести и заботы. Ещё был у принца соловей, который пел так дивно, словно у него в горлышке были собраны все чудеснейшие мелодии, какие только есть на свете. И роза и соловей предназначены были в дар принцессе; их положили в большие серебряные ларцы и отослали к ней.

Император велел принести ларцы прямо в большую залу, где принцесса играла со своими фрейлинами в гости; других занятий у неё не было. Увидав большие ларцы с подарками, принцесса захлопала от радости в ладоши.

— Ах, если бы тут была маленькая киска! — сказала она.

Но из ларца вынули прелестную розу.

— Ах, как это мило сделано! — сказали все фрейлины.

— Больше чем мило! — сказал император. — Это прямо-таки недурно!

Но принцесса потрогала розу и чуть не заплакала.

— Фи, папа! — сказала она. — Она не искусственная, а настоящая!

— Фи! — повторили все придворные. — Настоящая!

— Погодим сердиться! Посмотрим сначала, что в другом ларце! — возразил император.

И вот из ларца появился соловей и запел так чудесно, что нельзя было сейчас же найти какого-нибудь недостатка.

— Superbe! Charmant![1] — сказали фрейлины; все они болтали по-французски, одна хуже другой.

— Как эта птичка напоминает мне органчик покойной императрицы! — сказал один старый придворный. — Да, тот же тон, та же манера!

— Да! — сказал император и заплакал, как ребёнок.

— Надеюсь, что птица не настоящая? — спросила принцесса.

— Настоящая! — ответили доставившие подарки послы.

— Так пусть она летит! — сказала принцесса и так и не позволила принцу явиться к ней самому.

Но принц не унывал: он вымазал себе всё лицо чёрной и бурой краской, нахлобучил шапку и постучался во дворец.

— Здравствуйте, император! — сказал он. — Не найдётся ли у вас для меня какого-нибудь местечка?

— Много вас тут ходит! — ответил император. — Впрочем, постой, мне нужен свинопас. У нас пропасть свиней!

И вот принца утвердили придворным свинопасом и отвели ему жалкую, крошечную каморку рядом со свиными закутками. День-деньской просидел он за работой и к вечеру смастерил чудесный горшочек. Горшочек был увешан бубенчиками, и, когда в нём что-нибудь варили, бубенчики названивали старую песенку:

---

[1] Бесподобно! Прелестно! (*франц.*)

Ах, мой милый Августин,
Всё прошло, прошло, прошло!

Занимательнее же всего было то, что, держа руку над подымавшимся из горшочка паром, можно было узнать, какое у кого в городе готовилось кушанье. Да уж, горшочек был не чета какой-нибудь розе!

Вот принцесса отправилась со своими фрейлинами на прогулку и вдруг услыхала мелодичный звон бубенчиков. Она сразу же остановилась и вся просияла: она тоже умела наигрывать на фортепиано «Ах, мой милый Августин». Только эту мелодию она и наигрывала, зато одним пальцем.

— Ах, ведь и я это играю! — сказала она. — Так свинопас-то у нас образованный! Слушайте, пусть кто-нибудь из вас пойдёт и спросит у него, что сто́ит этот инструмент.

Одной из фрейлин пришлось надеть деревянные башмаки и пойти на задний двор.

— Что возьмёшь за горшочек? — спросила она.

— Десять принцессиных поцелуев! — отвечал свинопас.

— Как можно, — сказала фрейлина.

— А дешевле нельзя, — отвечал свинопас.

— Ну, что он сказал? — спросила принцесса.

— Право, и передать нельзя, — отвечала фрейлина. — Это ужасно!

— Так шепни мне на ухо.

И фрейлина шепнула принцессе.

— Вот невежа! — сказала принцесса и пошла было, но... бубенчики зазвенели так мило:

Ах, мой милый Августин,
Всё прошло, прошло, прошло!

— Послушай, — сказала принцесса фрейлине, — пойди спроси, не возьмёт ли он десять поцелуев моих фрейлин?

— Нет, спасибо, — ответил свинопас. — Десять поцелуев принцессы, или горшочек останется у меня.

— Как это скучно, — сказала принцесса. — Ну, придётся вам стать вокруг, чтобы никто нас не увидал.

Фрейлины обступили её и растопырили свои юбки; свинопас получил десять принцессиных поцелуев, а принцесса — горшочек. Вот была радость!

Целый вечер и весь следующий день горшочек не сходил с очага, и в городе не осталось ни одной кухни, от камергерской до сапожниковой, о которой бы они не знали, что в ней стряпалось. Фрейлины прыгали и хлопали в ладоши.

— Мы знаем, у кого сегодня сладкий суп и блинчики! Мы знаем, у кого каша и свиные котлеты! Как интересно!

— Ещё бы! — подтвердила обер-гофмейстерина.

— Да, но держите язык за зубами, я ведь императорская дочка!

— Помилуйте! — сказали все.

А свинопас (то есть принц, но для них-то он был ведь свинопасом) даром времени не терял и смастерил трещотку; когда её начинали вертеть, раздавались звуки всех вальсов и полек, какие только есть на белом свете.

— Но это superbe! — сказала принцесса, проходя мимо. — Вот так попурри! Лучше этого я ничего не слыхала. Спросите, что он хочет за этот инструмент. Но целоваться я больше не стану!

— Он требует сто принцессиных поцелуев, — доложила фрейлина, побывав у свинопаса.

— Да что он, в уме? — сказала принцесса и пошла своей дорогой, но сделала два шага и остановилась. — Надо поощрять искусство, — сказала она. — Я ведь императорская дочь! Скажите ему, что я дам ему по-вчерашнему десять поцелуев, а остальные пусть получит от моих фрейлин.

— Ну, нам это вовсе не по вкусу, — сказали фрейлины.

— Пустяки, — сказала принцесса. — Уж если я могу целовать его, то вы и подавно! Не забывайте, что я кормлю вас и плачу вам жалованье!

И фрейлине пришлось ещё раз отправиться к свинопасу.

— Сто принцессиных поцелуев, — повторил он. — А нет — каждый останется при своём.

— Становитесь вокруг! — скомандовала принцесса, и фрейлины обступили её, а свинопас принялся её целовать.

— Что это за сборище у свиных закуток? — спросил, выйдя на балкон, император, протёр глаза и надел очки. — Э, да это фрейлины опять что-то затеяли! Надо пойти посмотреть.

И он расправил задники своих домашних туфель. Туфлями служили ему стоптанные башмаки. Вы бы только поглядели, как он быстро зашлёпал в них!

Придя на задний двор, он потихоньку подкрался к фрейлинам, а те все были ужасно заняты счётом поцелуев, — надо же было следить за тем, чтобы расплата была честной и свинопас не получил ни больше ни меньше, чем ему следовало. Никто поэтому не заметил императора, а он привстал на цыпочки.

— Это ещё что за штуки! — сказал он, увидав целующихся, и швырнул в них туфлей как раз в ту минуту, когда свинопас получал от принцессы восемьдесят шестой поцелуй. — Вон! — закричал рассерженный император и выгнал из своего государства и принцессу, и свинопаса.

Принцесса стояла и плакала, свинопас бранился, а дождик так и лил на них.

— Ах, я несчастная, — плакала принцесса. — Что бы мне выйти за прекрасного принца! Ах, какая я несчастная!

А свинопас зашёл за дерево, стёр с лица чёрную и бурую краску, сбросил грязную одежду и явился перед ней во всём своём королевском величии и красе, и так он был хорош собой, что принцесса сделала реверанс.

— Теперь я только презираю тебя, — сказал он. — Ты не захотела выйти за честного принца! Ты не оценила соловья и розу, а свинопаса целовала за игрушки! Поделом же тебе.

И он ушёл к себе в королевство, крепко захлопнув за собой дверь. А ей оставалось только стоять да петь:

Ах, мой милый Августин,
Всё прошло, прошло, прошло!

ДИКИЕ ЛЕБЕДИ

Далеко-далеко, в той стране, куда улетают от нас на зиму ласточки, жил король. У него было одиннадцать сыновей и одна дочка, Элиза. Отец их, король той страны, женился на злой королеве, которая невзлюбила бедных детей.

Через неделю она отдала сестрицу Элизу на воспитание в деревню к каким-то крестьянам, а прошло ещё немного времени, и она успела столько наговорить королю о бедных принцах, что он больше и видеть их не хотел.

— Убирайтесь-ка подобру-поздорову на все четыре стороны! — сказала злая королева. — Обернитесь немыми птицами и улетайте прочь!

Они превратились в одиннадцать прекрасных диких лебедей, с криком вылетели из дворцовых окон и понеслись над парками и лесами.

Было раннее утро, когда они пролетали мимо избы, где спала ещё крепким сном их сестрица Элиза. Они принялись кружить над крышей, вытягивали свои гибкие шеи и хлопали крыльями, но никто не слышал и не видел их; так им и пришлось улететь ни с чем. Высоко-высоко взвились они к самым облакам и полетели в большой, тёмный лес, что тянулся до самого моря.

Дни шли за днями, один как другой. Но вот Элизе минуло пятнадцать лет, и её отправили домой. Увидав, какая она хорошенькая, королева разгневалась и ещё больше возненавидела падчерицу. Она с удовольствием превратила бы девушку в дикого лебедя, как её братьев, да нельзя было сделать этого сейчас же, потому что король хотел видеть свою дочь.

И вот рано утром королева пошла в мраморную купальню, убранную чудными коврами и мягкими подушками, взяла трёх жаб, поцеловала каждую и сказала первой:

— Сядь Элизе на голову, когда она войдёт в купальню; пусть она сделается такою же тупой и ленивой, как ты! А ты сядь ей на лоб! — сказала она другой. — Пусть Элиза станет такой же безобразной, как ты, и отец не узнает её! Ты же ляг ей на сердце! — шепнула королева третьей жабе. — Пусть она будет злонравной и пусть мучается от этого!

Затем она спустила жаб в прозрачную воду, и вода сейчас же позеленела. Позвав Элизу, королева раздела её и велела ей войти в воду. Элиза послушалась, и одна жаба села ей на темя, другая на лоб, а третья

на грудь; но Элиза даже не заметила этого, и, как только вышла из воды, по воде поплыли три красных мака. Так невинна была Элиза, что колдовство не имело над ней власти.

Увидав это, злая королева натёрла Элизу соком грецкого ореха, так что она стала совсем коричневой, вымазала ей личико вонючей мазью и спутала ей чудные волосы. Теперь нельзя было узнать прелестную Элизу. Даже отец её испугался и сказал, что это не его дочь. Никто не признавал её, кроме цепной собаки да ласточек, но кто стал бы слушать бедных тварей! Заплакала Элиза и подумала о своих одиннадцати братьях. Печальная, тайком ушла она из дворца. Элиза и сама хорошенько не знала, куда надо ей идти, но так истосковалась по своим братьям, что решила искать их повсюду, пока не найдёт.

Недолго пробыла она в лесу, как уже настала ночь, и Элиза совсем сбилась с дороги; тогда она улеглась на мягкий мох и склонила голову на пень.

Когда Элиза проснулась, солнышко стояло уже высоко. Невдалеке слышалось журчание источника; оказалось, что тут бежало несколько больших ручьёв, вливавшихся в пруд с чу́дным песчаным дном. Вода в пруду была чистая и прозрачная.

Увидев своё лицо, Элиза совсем перепугалась — такое оно было чёрное и гадкое; но вот она зачерпнула горстью воды, потёрла глаза и лоб, и опять заблестела её белая нежная кожа. Тогда Элиза разделась и вошла в прохладную воду. Краше принцессы не найти было во всём свете.

Одевшись и заплетя свои длинные волосы, она пошла к журчащему источнику, напилась воды прямо из пригоршни и потом пошла дальше по лесу, сама не зная куда.

По пути ей встретилась старушка с корзинкой ягод. Старушка дала девушке горсточку ягод, и Элиза спросила её, не проезжали ли тут, по лесу, одиннадцать принцев.

— Нет, — сказала старушка, — но вчера я видела здесь, на реке, одиннадцать лебедей в золотых коронах.

И старушка вывела Элизу к обрыву, под которым протекала река.

Элиза простилась со старушкой и пошла к устью реки, впадавшей в море.

Когда солнце было близко к закату, Элиза увидела вереницу летевших к берегу диких лебедей в золотых коронах; лебедей было одиннадцать, и летели они один за другим, вытянувшись длинною белою лентой. Элиза взобралась на верх береговой кручи и спряталась за куст. Лебеди спустились неподалёку и захлопали своими большими белыми крыльями.

В ту же самую минуту, как солнце скрылось под водой, оперение с лебедей вдруг спало, и они превратились в одиннадцать прекрасных принцев, братьев Элизы! Элиза громко вскрикнула; она сразу узнала их, несмотря на то что они сильно изменились, сердце подсказало ей, что это они! Она бросилась в их объятия, называла их по именам, и как же они обрадовались, узнав свою сестрицу, которая так выросла и похорошела.

— Мы, — сказал самый старший из братьев, — заколдованы в диких лебедей и летаем весь деньденьской, пока солнце стоит на небе. А когда оно заходит, мы опять принимаем человеческий образ. Живём мы не здесь; далеко-далеко за морем лежит такая же чу́дная страна, как эта, но дорога туда длинна, приходится перелетать через всё море. Только на самой середине моря торчит небольшой одинокий утёс, на котором мы кое-как и можем отдохнуть, тесно прижавшись друг к другу. Лишь раз в году позволено нам прилетать на родину; мы можем оставаться здесь одиннадцать дней и летать над этим большим лесом. Два дня ещё можем мы пробыть здесь, а затем должны улететь за море, в чудную, но не родную нам страну! Как же нам взять тебя с собой? У нас нет ни корабля, ни лодки!

Так они проговорили всю ночь и задремали только на несколько часов.

Элиза проснулась от шума лебединых крыл. Братья опять стали птицами и летали в воздухе большими кругами, а потом и совсем скрылись из виду. С Элизой остался только самый младший из братьев. Целый день провели они вдвоём, к вечеру же прилетели

и остальные, и, когда солнце село, все вновь приняли человеческий образ.

— Завтра мы должны улететь отсюда и сможем вернуться не раньше будущего года, но тебя мы не оставим здесь! — сказал младший брат. — Хватит ли у тебя мужества улететь с нами?

— Да, возьмите меня с собой! — сказала Элиза.

Всю ночь провели они за плетением сетки из гибкого лозняка и тростника; сетка вышла большая и прочная. В неё положили Элизу, и чуть взошло солнце, братья превратились в лебедей, подхватили сетку клювами и взвились с милой, спавшей ещё крепким сном сестрицей к облакам.

Целый день летели лебеди, как пущенная из лука стрела, но всё-таки медленнее обыкновенного; теперь ведь они несли сестру. День стал клониться к вечеру, поднялась непогода; Элиза со страхом следила за тем, как опускалось солнце, — одинокого утёса всё ещё не было видно.

Солнце уже коснулось воды, сердце Элизы затрепетало. Лебеди вдруг стали снижаться, да так стремительно, что ей показалось, будто они падают. Вот солнце наполовину скрылось под водой, и тогда Элиза вдруг увидала под собой утёс величиной не больше тюленя, высунувшего из воды голову. Но вот лебеди ступили ногой на твёрдую почву, и солнце погасло, как

последняя искра догоревшей бумаги. Элиза увидела вокруг себя братьев, стоявших рука об руку; все они едва умещались на крошечном утёсе. Волны с силой ударяли в него и обдавали их брызгами.

С восходом солнца лебеди с Элизой полетели дальше.

Но вот наконец показалась и земля, куда они летели. Там возвышались красивые голубые горы, поросшие кедровыми лесами, виднелись города и замки. И уже задолго до захода солнца Элиза сидела на скале перед большою пещерой, точно обвешанной вышитыми зелёными коврами, — так увили её нежно-зелёные вьющиеся растения.

— Посмотрим, что приснится тебе тут ночью! — сказал младший из братьев и указал сестре её спальню.

— Ах, если бы мне открылось во сне, как освободить вас от чар! — сказала она. Эта мысль не выходила у неё из головы.

И вот ей пригрезилось, что она летит высоко-высоко по воздуху к замку Фата-Морганы и фея сама выходит ей навстречу, такая светлая и прекрасная, но в то же время удивительно похожая на старушку, которая дала Элизе в лесу ягод и рассказала о лебедях в золотых коронах.

«Твоих братьев можно спасти, — сказала она. — Но хватит ли у тебя мужества и стойкости? Видишь, у меня в руках крапива? Такая крапива растёт здесь, возле пещеры, и только она, да ещё та крапива, что растёт на кладбищах, может тебе пригодиться; заметь же её! Ты нарвёшь этой крапивы, потом разомнёшь её ногами, ссучишь из полученного волокна крепкие нити, затем сплетёшь из них одиннадцать рубашек-панцирей с длинными рукавами и набросишь их на лебедей. Тогда колдовство исчезнет. Но помни, что с той минуты, как ты начнёшь свою работу, и до тех пор, пока не окончишь её, ты не должна говорить ни слова. Первое же слово, которое сорвётся у тебя с языка, пронзит сердца твоих братьев, как кинжалом. Их жизнь и смерть будут в твоих руках! Помни же всё это!»

И фея коснулась её руки жгучей крапивой; Элиза почувствовала боль, как от ожога, и проснулась. Уже рассвело, и рядом с нею лежала крапива, точь-в-точь как во сне. Элиза вышла из пещеры и принялась за работу.

Но вот зашло солнце, вернулись братья и очень испугались, увидя, что сестра стала немой. Они думали, что это новое колдовство их злой мачехи, но, взглянув на её руки, поняли, что она стала немой ради их спасения.

Ночь Элиза провела за работой; она не знала покоя и думала только о том, как бы поскорее освободить своих милых братьев. Весь следующий день, пока лебеди летали, она оставалась одна-одинёшенька, но никогда ещё время не бежало для неё с такой быстротой. Одна рубашка-панцирь была уже готова, и девушка принялась за следующую.

Вдруг в горах послышались звуки охотничьих рогов; Элиза испугалась; звуки всё приближались, затем раздался лай собак. Девушка скрылась в пещере, связала всю собранную ею крапиву в пучок и села на него.

В ту же минуту из-за кустов выскочила большая собака, затем другая и третья; они громко лаяли и бегали взад и вперёд. Не прошло и нескольких минут, как у пещеры собрались все охотники. Самый красивый из них был король той страны. Он подошёл к Элизе; никогда ещё не встречал он такой красавицы.

— Как ты попала сюда, прелестное дитя? — спросил он, но Элиза только покачала головой: она ведь не смела говорить. — Пойдём со мной, — сказал король, — здесь тебе не место! Если ты так же добра, как хороша, я наряжу тебя в шёлк и бархат, надену тебе на голову корону, и ты будешь жить в моём великолепном дворце! — Он посадил Элизу на своего коня и повёз её через горы, а охотники скакали следом.

К вечеру показалась великолепная столица короля, с церквами и куполами, и король привёл Элизу в свой дворец. Но ни на что не смотрела Элиза, а только плакала и тосковала. Как неживая, позволила она прислужницам надеть на себя королевские одежды.

Богатые уборы так шли ей, она была в них так ослепительно хороша, что весь двор преклонился перед ней, а король провозгласил её своей невестой, хотя архиепископ и покачал головой, нашёптывая королю, что лесная красавица, должно быть, ведьма, что она отвела им всем глаза и околдовала сердце короля.

Но король не стал его слушать, а повёл Элизу в роскошные покои. Он открыл дверцу в маленькую комнатку, находившуюся как раз возле её спальни.

Комнатка вся была увешана зелёными коврами и напоминала лесную пещеру, где нашли Элизу; на полу лежала связка крапивного волокна, а на потолке висела сплетённая ею рубашка-панцирь.

— Здесь ты можешь вспоминать своё прежнее жилище! — сказал король. — Здесь и работа твоя, которой ты занималась. Может быть, ты пожелаешь иногда поразвлечься воспоминаниями о прошлом.

Увидав дорогую её сердцу работу, Элиза улыбнулась, и прежний румянец вновь окрасил её щёки. Она подумала о спасении братьев и поцеловала руку короля, а он прижал её к груди и велел звонить в колокола по случаю своей свадьбы. Так немая лесная красавица стала королевой.

По ночам она тихонько уходила из королевской спальни в свою потаённую комнатку, похожую на пещеру, и плела там одну рубашку-панцирь за другой, но когда принялась уже за седьмую, у неё вышло всё волокно.

Она знала, что такую крапиву можно найти на кладбище, но ведь она должна была рвать её сама. Как же быть? Сердце Элизы сжималось от страха, когда она пробиралась лунной ночью в сад, а оттуда по длинным аллеям и пустынным улицам на кладбище.

Лишь один человек не спал в ту ночь и видел её — архиепископ. Теперь он убедился, что был прав, подозревая королеву: она была ведьма и потому сумела околдовать короля и весь народ.

Утром он рассказал королю о том, что видел и что подозревал. Две тяжёлые слезы скатились по щекам короля, и сомнение закралось в его сердце. Ночью он притворился, будто спит, на самом же деле сон бежал

от него. И вот король увидел, что Элиза встала и выскользнула из спальни. И так повторялось каждую ночь, и каждую ночь король следил за ней и видел, как она исчезала в своей потайной комнате.

Недоставало всего лишь одной рубашки, и тут у неё опять кончилось волокно. Ещё раз, последний раз, нужно было сходить на кладбище и нарвать несколько пучков крапивы. Элиза пошла, но король с архиепископом пошли за ней следом и видели, как она скрылась за кладбищенскою оградой.

— Пусть судит её народ! — сказал король.

И народ присудил — сжечь королеву на костре.

Из королевских покоев Элизу перевели в мрачное подземелье с железными решётками на окнах. Вместо бархата и шёлка дали бедняжке связку набранной ею на кладбище крапивы. Эта жгучая связка должна была служить Элизе изголовьем, а сплетённые ею жёсткие рубашки-панцири — постелью и коврами; но дороже этого ей ничего не было. И она вновь принялась за свою работу.

Народ валом повалил за город посмотреть, как будут жечь ведьму. Но даже по дороге к месту казни не выпускала она из рук свою работу. Десять рубашек-панцирей лежали у её ног совсем готовые, одиннадцатую она плела. Люди теснились вокруг неё, норовя вырвать из её рук работу, как вдруг прилетели одиннадцать белых лебедей, сели по краям телеги и шумно захлопали своими могучими крыльями. Толпа отхлынула.

— Это знамение небесное! Она невинна! — шептали многие.

Элиза поспешно набросила на лебедей крапивные рубашки, и все они превратились в прекрасных принцев, только у самого младшего вместо одной руки так и осталось лебединое крыло: не успела Элиза докончить последнюю рубашку, в ней недоставало одного рукава.

— Теперь я могу говорить! — сказала она. — Я невинна!

И народ, видевший всё, что произошло, преклонился перед ней, как перед святой, а она упала без чувств в объятия братьев.

— Да, она невинна! — сказал самый старший брат и рассказал всё, как было.

Пока он говорил, в воздухе разлился аромат роз, а каждое полено в костре пустило ветки, и вот уже на его месте стоял благоухающий розовый куст. Король сорвал алую розу и положил её Элизе на грудь. Она очнулась, и в сердце её были покой и счастье.

Тут сами собой зазвонили в городе все колокола, целыми стаями слетелись птицы, и ко дворцу потянулось такое радостное шествие, какого ещё не видывал ни один король!

СОДЕРЖАНИЕ

Литературно-художественное издание

ДЛЯ ДЕТЕЙ ДО ТРЕХ ЛЕТ

Серия «Библиотека детского сада»

Андерсен Ханс Кристиан

СТОЙКИЙ ОЛОВЯННЫЙ СОЛДАТИК

Сказки

Перевод с датского А. Ганзен,
пересказ Т. Габбе и А. Любарской

Художник Е. ЗВОЛЬСКАЯ

Дизайн обложки В. И. МИТЯНИНОЙ

Ответственный редактор П. П. ЛЕМЕНИ-МАКЕДОН
Художественный редактор М. В. ПАНКОВА
Технический редактор Е. О. ЛУНЕВА
Корректор Л. А. ЛАЗАРЕВА
Верстка С. А.ПТИЦЫНОЙ

Подписано в печать 15.03.16. Формат 70×90 1/16. Бумага мелованная.
Печать офсетная. Усл. печ. л. 3,51. ID 26867. Доп. тираж 7 000 экз. Заказ № 3176.

ООО «РОСМЭН».
Почтовый адрес: 127018, г. Москва, ул. Октябрьская, д. 4, корп. 2. Тел.: (495) 933-71-30.
Юридический адрес: 117465, г. Москва, ул. Генерала Тюленева, д. 29, корп. 1.

Наши клиенты и оптовые покупатели могут оформить заказ, получить опережающую информацию о планах выхода изданий и перспективных проектах в Интернете по адресу: ***www.rosman.ru***

ОТДЕЛ ПРОДАЖ:
(495) 933-70-73; 933-71-30;
(495) 933-70-75 (факс).

Дата изготовления: апрель 2016 г.
Отпечатано в России.

В соответствии с Федеральным законом № 436
от 29 декабря 2010 года маркируется знаком 0+

Отпечатано с электронных носителей издательства.
ОАО «Тверской полиграфический комбинат».
170024, г. Тверь, пр-т Ленина, 5.

Андерсен, Ханс Кристиан.

А65 Стойкий оловянный солдатик : сказки / Х.-К. Андерсен ; пер. А. Ганзен, переск. Т. Габбе и А. Любарской ; худож. Е. Звольская. — М. : РОСМЭН, 2016. — 48 с. : ил. — (Библиотека детского сада).

В сборник вошли три сказки знаменитого датчанина Х.-К. Андерсена (1805–1875): «Стойкий оловянный солдатик», «Свинопас» и «Дикие лебеди». Сказки Андерсена давно стали классикой мировой детской литературы, и эта книжка с замечательными иллюстрациями станет отличным подарком для малышей.

ISBN 978-5-353-07616-2

УДК 821.113.4-34-93
ББК 84(4Дан)